La croisade des enfants

Marcel Schwob

Édition et mise en page : Culturea (Hérault, 34)
Retrouvez notre catalogue sur http://culturea.fr/
Contact : infos@culturea.fr
Imprimé en Allemagne par Books on Demand Gmbh
Design typographique et layout : Derek Murphy et Reedsy
ISBN : 9791041997978
Date de parution : Avril 2024

•••

Schwob donna au Journal, de février à avril 1895, l'ensemble des récits constituant son livre, édité au Mercure de France, en 1896, à 500 exemplaires. Il en tira certainement l'argument de ses lectures, qui l'avaient familiarisé avec les légendes hagiographiques et les « historiettes miraculeuses ». Cette croisade serait issue d'une curieuse narration, de quelques phrases latines d'une chronique du temps de Saint Louis racontant de façon sibylline le passage de pèlerins ignorants, armés de leur seule naïveté. Ils voulurent gagner Jérusalem et disparurent mystérieusement dans une tempête. Mais le fait historique de cette désastreuse entreprise s'est révélé authentique. Vers 1212, des milliers d'enfants partirent pour la Terre sainte et furent pour la plupart massacrés avant même de pouvoir embarquer. Cela se passait peu avant l'appel, par le pape Innocent III, de la cinquième croisade.

Le livre se compose de huit versions, par huit personnages différents, du même événement. Dans la préface qu'il écrivit en 1949 pour une traduction espagnole de la *Croisade*, Borges note : « Il rêva qu'il était le pape, l'étudiant libertin, les trois enfants, le clerc. Il appliqua, dans son travail, la méthode analytique de Robert Browning, dont le long poème narratif *The Ring and the Book* (1869) nous révèle à travers douze monologues l'histoire embrouillée d'un crime, du point de vue de l'assassin, de celui de sa victime, des témoins, de l'avocat de la défense, du procureur, du juge, de Robert

Browning lui-même...[1] » Faulkner se servira du même procédé dans Tandis que j'agonise.

Alfred Jarry élit comme 23e livre pair du docteur Faustroll *La Croisade des enfants*, y prenant : « De Schwob, les bêtes écailleuses que mimait la blancheur des mains du lépreux. »

Remy de Gourmont parla pour ce titre de « petit livre miraculeux ».

La Croisade des enfants fut reprise dans *La Lampe de Psyché*, et c'est cette version qui est ici présentée.

1 J. L. Borges, Le Livre de préfaces, Gallimard, 1980.

La croisade des enfants

Circa idem tempus pueri sine rectore sine duce de universis omnium regionum villis et civitatibus versus transmarinas partes avidis gressibus cucurrerunt, et dum quaereretur ab ipsis quo currerent, responderunt : Versus Jherusalem, quaerere terram sanctam... Adhuc quo devenerint ignoratur. Sed plurimi redierunt, a quibus dum quaereretur causa cursus, dixerunt se nescire. Nudae etiam mulieres circa idem tempus nihil loquentes per villas et civitates cucurrerunt...

« À peu près à la même époque, des enfants sans guide et sans chef accoururent à pas rapides des villes et des campagnes de toutes les régions pour gagner les contrées d'au-delà des mers. Et comme on leur demandait vers où ils se précipitaient, ils répondirent : "Vers Jérusalem, pour trouver la Terre sainte..." On ignore encore jusqu'où ils arrivèrent. Mais nombreux furent ceux qui revinrent et qui répondirent à ceux qui leur demandaient le motif de leur quête qu'ils n'en savaient rien. À peu près à la même époque on vit également des femmes nues qui, sans dire un mot se rassemblèrent par les villes et les campagnes... »

Récit du Goliard

Moi, pauvre Goliard, clerc misérable errant par les bois et les routes pour mendier, au nom de Notre-Seigneur, mon pain quotidien, j'ai vu un spectacle pieux et entendu les paroles des petits enfants. Je sais que ma vie n'est point très sainte, et que j'ai cédé aux tentations sous les tilleuls du chemin. Les frères qui me donnent du vin voient bien que je suis peu accoutumé à en boire. Mais je n'appartiens pas à la secte de ceux qui mutilent. Il y a des méchants qui crèvent les yeux aux petits, et leur scient les jambes et leur lient les mains, afin de les exposer et d'implorer la pitié. Voilà pourquoi j'ai eu peur en voyant tous ces enfants. Sans doute, Notre-Seigneur les défendra. Je parle au hasard, car je suis rempli de joie. Je ris du printemps et de ce que j'ai vu. Mon esprit n'est pas très fort. J'ai reçu la tonsure de clergie à l'âge de dix ans, et j'ai oublié les paroles latines. Je suis pareil à la sauterelle : car je bondis, de-ci, de-là, et je bourdonne, et parfois j'ouvre des ailes de couleur, et ma tête menue est transparente et vide. On dit que saint Jean se nourrissait de sauterelles dans le désert. Il faudrait en manger beaucoup. Mais saint Jean n'était point un homme fait comme nous.

Je suis plein d'adoration pour saint Jean, car il était errant et prononçait des paroles sans suite. Il me semble qu'elles devraient être plus douces. Le printemps aussi est doux, cette année. Jamais il n'y a eu tant de fleurs blanches et roses. Les prairies sont fraîchement lavées. Partout le sang de Notre-Seigneur étincelle sur les haies. Notre-Seigneur Jésus est couleur de lys, mais son sang est vermeil. Pourquoi ? Je ne sais. Cela doit être en quelque parchemin. Si j'eusse été expert dans les lettres, j'aurais du parchemin, et j'écrirais dessus.

Ainsi je mangerais très bien tous les soirs. J'irais dans les couvents prier pour les frères morts et j'inscrirais leurs noms sur mon rouleau. Je transporterais mon rouleau des morts d'une abbaye à l'autre. C'est une chose qui plaît à nos frères. Mais j'ignore les noms de mes frères morts. Peut-être que Notre-Seigneur ne se soucie point non plus de les savoir. Tous ces enfants m'ont paru n'avoir pas de noms. Et il est sûr que Notre-Seigneur Jésus les préfère. Ils emplissaient la route comme un essaim d'abeilles blanches. Je ne sais pas d'où ils venaient. C'étaient de tout petits pèlerins. Ils avaient des bourdons de noisetier et de bouleau. Ils avaient la croix sur l'épaule ; et toutes ces croix étaient de maintes couleurs. J'en ai vu de vertes, qui devaient être faites avec des feuilles cousues. Ce sont des enfants sauvages et ignorants. Ils errent vers je ne sais quoi. Ils ont foi en Jérusalem. Je pense que Jérusalem est loin, et Notre-Seigneur doit être plus près de nous. Ils n'arriveront pas à Jérusalem. Mais Jérusalem arrivera à eux. Comme à moi. La fin de toutes choses saintes est dans la joie. Notre-Seigneur est ici, sur cette épine rougie, et sur ma bouche, et dans ma pauvre parole. Car je pense à lui et son Sépulcre est dans ma pensée. Amen. Je me coucherai ici au soleil. C'est un endroit saint. Les pieds de Notre-Seigneur ont sanctifié tous les endroits. Je dormirai. Jésus fasse dormir le soir tous ces petits enfants blancs qui portent la croix. En vérité, je le lui dis. J'ai grand sommeil. Je le lui dis, en vérité, car peut-être qu'il ne les a point vus, et il doit veiller sur les petits enfants. L'heure de midi pèse sur moi. Toutes choses sont blanches. Ainsi soit-il. Amen.

Récit du lépreux

Si vous voulez comprendre ce que je vais vous dire, sachez que j'ai la tête couverte d'un capuchon blanc et que je secoue un cliquet de bois dur. Je ne sais plus quel est mon visage, mais j'ai peur de mes mains. Elles courent devant moi comme des bêtes écailleuses et livides. Je voudrais les couper. J'ai honte de ce qu'elles touchent. Il me semble qu'elles font défaillir les fruits rouges que je cueille et les pauvres racines que j'arrache paraissent se flétrir sous elles. *Domine ceterorum, libera me*[2] ! Le Sauveur n'a pas expié mon péché blême. Je suis oublié jusqu'à la résurrection. Comme le crapaud scellé au froid de la lune dans une pierre obscure, je demeurerai enfermé dans ma gangue hideuse quand les autres se lèveront avec leur corps clair. *Domine ceterorum, fac me liberum : leprosus sum*[3]. Je suis solitaire et j'ai horreur. Mes dents seules ont gardé leur blancheur naturelle. Les bêtes s'effraient, et mon âme voudrait fuir. Le jour s'écarte de moi. Il y a douze cent et douze années que leur Sauveur les a sauvées, et il n'a pas eu pitié de moi. Je n'ai pas été touché avec la lance sanglante qui l'a percé. Peut-être que le sang du Seigneur des autres m'aurait guéri. Je songe souvent au sang : je pourrais mordre avec mes dents ; elles sont candides. Puisqu'Il n'a point voulu me le donner, j'ai l'avidité de prendre celui qui lui appartient. Voilà pourquoi j'ai guetté les enfants qui descendaient du pays de Vendôme vers cette forêt de la Loire. Ils avaient des croix et ils

2 « Seigneur de tous les autres, délivre-moi ! »

3 « Seigneur de tous les autres, rends-moi libre : je suis lépreux. »

étaient soumis à Lui. Leurs corps étaient Son corps et Il ne m'a point fait part de son corps. Je suis entouré sur terre d'une damnation pâle.

J'ai épié pour sucer au cou d'un de Ses enfants du sang innocent. *Et caro nova fiet in die irae.* Au jour de terreur, ma chair sera nouvelle. Et derrière les autres marchait un enfant frais aux cheveux rouges. Je le marquai ; je bondis subitement ; je lui saisis la bouche de mes mains affreuses. Il n'était vêtu que d'une chemise rude ; ses pieds étaient nus et ses yeux restèrent placides. Et il me considéra sans étonnement. Alors, sachant qu'il ne crierait point, j'eus le désir d'entendre encore une voix humaine et j'ôtai mes mains de sa bouche, et il ne s'essuya pas la bouche. Et ses yeux semblaient ailleurs.

— Qui es-tu ? lui dis-je.

— Johannes le Teuton, répondit-il.

Et ses paroles étaient limpides et salutaires.

— Où vas-tu donc ? dis-je encore.

Et il répondit :

— À Jérusalem, pour conquérir la Terre sainte.

Alors je me mis à rire, et je lui demandai :

— Où est Jérusalem ?

Et il répondit :

— Je ne sais pas.

Et je dis encore :

— Qu'est-ce que Jérusalem ?

Et il répondit :

— C'est Notre-Seigneur.

Alors, je me mis à rire de nouveau et je demandai :

— Qu'est-ce que ton Seigneur ?

Et il me dit :

— Je ne sais pas ; il est blanc.

Et cette parole me jeta dans la fureur et j'ouvris mes dents sous mon capuchon et je me penchai vers son cou frais et il ne recula point, et je lui dis :

— Pourquoi n'as-tu pas peur de moi ?

Et il dit :

— Pourquoi aurais-je peur de toi, homme blanc ?

Alors de grandes larmes m'agitèrent, et je m'étendis sur le sol, et je baisai la terre de mes lèvres terribles, et je criai :

— Parce que je suis lépreux !

Et l'enfant teuton me considéra, et dit limpidement :

— Je ne sais pas.

Il n'a pas eu peur de moi ! Il n'a pas eu peur de moi ! Ma monstrueuse blancheur est semblable pour lui à celle de son Seigneur. Et j'ai pris une poignée d'herbe et j'ai essuyé sa bouche et ses mains. Et je lui ai dit :

— Va en paix vers ton Seigneur blanc, et dis-lui qu'il m'a oublié.

Et l'enfant m'a regardé sans rien dire. Je l'ai accompagné hors du noir de cette forêt. Il marchait sans trembler. J'ai vu disparaître ses cheveux rouges au loin dans le soleil. *Domine infantium, libera me !* Que le son de mon cliquet de bois parvienne jusqu'à toi, comme le son pur des cloches ! Maître de ceux qui ne savent pas[4], délivre-moi !

---

4 C'est ainsi que l'auteur traduit le infantium (« enfants ») de la dernière prière.

Récit du pape Innocent III

Loin de l'encens et des chasubles, je puis très facilement parler à Dieu dans cette chambre dédorée de mon palais. C'est ici que je viens penser à ma vieillesse, sans être soutenu sous les bras. Pendant la messe, mon cœur s'élève et mon corps se roidit ; le scintillement du vin sacré emplit mes yeux, et ma pensée est lubrifiée par les huiles précieuses ; mais en ce lieu solitaire de ma basilique, je peux me courber sous ma fatigue terrestre. Ecce homo ! Car le Seigneur ne doit point entendre vraiment la voix de ses prêtres à travers la pompe des mandements et des bulles ; et sans doute ni la pourpre, ni les joyaux, ni les peintures ne lui agréent ; mais dans cette petite cellule il a peut-être pitié de mon balbutiement imparfait. Seigneur, je suis très vieux, et me voici vêtu de blanc devant toi, et mon nom est Innocent, et tu sais que je ne sais rien. Pardonne-moi ma papauté, car elle a été instituée, et je la subis. Ce n'est pas moi qui ai ordonné les honneurs. J'aime mieux voir ton soleil par cette vitre ronde que dans les reflets magnifiques de mes verrières. Laisse-moi gémir comme un autre vieillard et tourner vers toi ce visage pâle et ridé que je soulève à grand-peine hors des flots de la nuit éternelle. Les anneaux glissent le long de mes doigts amaigris, comme les derniers jours de ma vie s'échappent.

Mon Dieu ! je suis ton vicaire ici, et je tends vers toi ma main creuse, pleine du vin pur de ta foi. Il y a de grands crimes. Il y a de très grands crimes. Nous pouvons leur donner l'absolution. Il y a de grandes hérésies. Il y a de très grandes hérésies. Nous devons les punir impitoyablement. À cette heure où je m'agenouille, blanc, dans cette cellule blanche dédorée, je souffre d'une forte angoisse, Seigneur, ne sachant point si les crimes et les hérésies sont du pompeux domaine de ma papauté ou du petit cercle de jour dans lequel un vieil homme joint simplement ses mains.

Et aussi, je suis troublé en ce qui touche ton Sépulcre. Il est toujours entouré par des infidèles. On n'a point su le leur reprendre. Personne n'a dirigé ta croix vers la Terre sainte ; mais nous sommes plongés dans la torpeur. Les chevaliers ont déposé leurs armes et les rois ne savent plus commander. Et moi, Seigneur, je m'accuse et je frappe ma poitrine : je suis trop faible et trop vieux.

Maintenant, Seigneur, écoute ce chuchotement chevrotant qui monte hors de cette petite cellule de ma basilique et conseille-moi. Mes serviteurs m'ont apporté d'étranges nouvelles depuis les pays de Flandres et d'Allemagne jusqu'aux villes de Marseille et de Gênes. Des sectes ignorées vont naître. On a vu courir par les cités des femmes nues qui ne parlaient point. Ces muettes impudiques désignaient le ciel. Plusieurs fous ont prêché la ruine sur les places. Les ermites et les clercs errants sont pleins de rumeurs. Et je ne sais par quel sortilège plus de sept mille enfants ont été attirés hors des maisons. Ils sont sept mille sur la route portant la croix et le bourdon. Ils n'ont point à manger ; ils n'ont point d'armes ; ils sont incapables et ils nous font honte. Ils sont ignorants de toute véritable religion. Mes serviteurs les ont interrogés. Ils répondent qu'ils vont à Jérusalem pour conquérir la Terre sainte. Mes serviteurs leur ont dit qu'ils ne pourraient traverser la mer. Ils ont répondu que la mer se séparerait et se dessécherait pour les laisser passer. Les bons parents, pieux et sages, s'efforcent de les retenir. Ils brisent les verrous pendant la nuit et franchissent les murailles. Beaucoup sont fils de nobles et de courtisanes. C'est grand-pitié. Seigneur, tous ces innocents seront livrés aux naufrages et aux adorateurs de Mahomet.

Je vois que le Soudan de Bagdad les guette de son palais. Je tremble que les mariniers ne s'emparent de leurs corps pour les vendre.

Seigneur, permettez-moi de vous parler selon les formules de la religion. Cette croisade des enfants n'est point une œuvre pie. Elle ne pourra gagner le Sépulcre aux chrétiens. Elle augmente le nombre des vagabonds qui errent sur la lisière de la foi autorisée. Nos prêtres ne peuvent point la protéger. Nous devons croire que le Malin possède ces pauvres créatures. Elles vont en troupeau vers le précipice comme les porcs sur la montagne. Le Malin s'empare volontiers des enfants, Seigneur, comme vous savez. Il se donna figure, jadis, d'un preneur de rats, pour entraîner aux notes de la musique de son pipeau tous les petits de la cité de Hamelin. Les uns disent que ces infortunés furent noyés dans la rivière de Weser ; les autres, qu'il les enferma dans le flanc d'une montagne. Craignez que Satan ne mène tous nos enfants vers les supplices de ceux qui n'ont point notre foi. Seigneur, vous savez qu'il n'est pas bon que la croyance se renouvelle. Sitôt qu'elle parut dans le buisson ardent, vous la fîtes enfermer dans un tabernacle. Et quand elle se fut échappée de vos lèvres sur le Golgotha, vous ordonnâtes qu'elle fût enclose dans les ciboires et dans les ostensoirs. Ces petits prophètes ébranleront l'édifice de votre Église. Il faut le leur défendre. Est-ce au mépris de vos consacrés, qui usèrent dans votre service leurs aubes et leurs étoles, qui résistèrent durement aux tentations pour vous gagner, que vous recevrez ceux qui ne savent ce qu'ils font ? Nous devons laisser venir à vous les petits enfants, mais sur la route de votre foi. Seigneur, je vous parle selon vos institutions.

Ces enfants périront. Ne faites pas qu'il y ait sous Innocent un nouveau massacre des Innocents.

Pardonne-moi maintenant, mon Dieu, pour t'avoir demandé conseil sous la tiare. Le tremblement de la vieillesse me reprend. Regarde mes pauvres mains. Je suis un homme très âgé. Ma foi n'est plus celle des tout petits. L'or des parois de cette cellule est usé par le temps. Elles sont blanches. Le cercle de ton soleil est blanc. Ma robe est blanche aussi, et mon cœur desséché est pur. J'ai dit selon ta règle. Il y a des crimes. Il y a de très grands crimes. Il y a des hérésies. Il y a de très grandes hérésies. Ma tête est vacillante de faiblesse : peut-être qu'il ne faut ni punir ni absoudre. La vie passée fait hésiter nos résolutions. Je n'ai point vu de miracle. Éclaire-moi. Est-ce un miracle ? Quel signe leur as-tu donné ? Les temps sont-ils venus ? Veux-tu qu'un homme très vieux, comme moi, soit pareil dans sa blancheur à tes petits enfants candides ? Sept mille ! Bien que leur foi soit ignorante, puniras-tu l'ignorance de sept mille innocents ? Moi aussi, je suis Innocent. Seigneur, je suis innocent comme eux. Ne me punis pas dans mon extrême vieillesse. Les longues années m'ont appris que ce troupeau d'enfants ne peut pas réussir. Cependant, Seigneur, est-ce un miracle ? Ma cellule reste paisible, comme en d'autres méditations. Je sais qu'il n'est point besoin de t'implorer, pour que tu te manifestes ; mais moi, du haut de ma très grande vieillesse, du haut de ta papauté, je te supplie. Instruis-moi, car je ne sais pas. Seigneur, ce sont tes petits innocents. Et moi, Innocent, je ne sais pas, je ne sais pas.

Récits de trois petits enfants

Nous trois, Nicolas qui ne sait point parler, Alain et Denis, nous sommes partis sur les routes pour aller vers Jérusalem. Il y a longtemps que nous marchons. Ce sont des voix blanches qui nous ont appelés dans la nuit. Elles appelaient tous les petits enfants. Elles étaient comme les voix des oiseaux morts pendant l'hiver. Et d'abord nous avons vu beaucoup de pauvres oiseaux étendus sur la terre gelée, beaucoup de petits oiseaux dont la gorge était rouge. Ensuite nous avons vu les premières fleurs et les premières feuilles et nous en avons tressé des croix. Nous avons chanté devant les villages, ainsi que nous avions coutume de faire pour l'an nouveau. Et tous les enfants couraient vers nous. Et nous avons avancé comme une troupe. Il y avait des hommes qui nous maudissaient, ne connaissant point le Seigneur. Il y avait des femmes qui nous retenaient par les bras et nous interrogeaient, et couvraient nos visages de baisers. Et puis il y a eu de bonnes âmes qui nous ont apporté des écuelles de bois, du lait tiède et des fruits. Et tout le monde avait pitié de nous. Car ils ne savent point où nous allons et ils n'ont point entendu les voix.

Sur la terre il y a des forêts épaisses, et des rivières, et des montagnes, et des sentiers pleins de ronces. Et au bout de la terre se trouve la mer que nous allons traverser bientôt. Et au bout de la mer se trouve Jérusalem. Nous n'avons ni gouvernants ni guides. Mais toutes les routes nous sont bonnes. Quoique ne sachant point parler, Nicolas marche comme nous, Alain et Denis, et toutes les terres sont pareilles, et pareillement dangereuses aux enfants. Partout il y a des forêts épaisses, et des rivières, et des montagnes, et des épines. Mais partout les voix seront avec nous.

Il y a ici un enfant qui s'appelle Eustace, et qui est né avec ses yeux fermés. Il garde les bras étendus et il sourit. Nous ne voyons rien de plus que lui. C'est une petite fille qui le mène et qui porte sa croix. Elle s'appelle Allys. Elle ne parle jamais et ne pleure jamais ; elle garde les yeux fixés sur les pieds d'Eustace, afin de le soutenir quand il trébuche. Nous les aimons tous les deux. Eustace ne pourra pas voir les saintes lampes du Sépulcre. Mais Allys lui prendra les mains, afin de lui faire toucher les dalles du tombeau.

Oh ! que les choses de la terre sont belles ! Nous ne nous souvenons de rien, parce que nous n'avons jamais rien appris. Cependant nous avons vu de vieux arbres et des rochers rouges. Quelquefois nous passons dans de longues ténèbres. Quelquefois nous marchons jusqu'au soir dans des prairies claires. Nous avons crié le nom de Jésus dans les oreilles de Nicolas, et il le connaît bien. Mais il ne sait pas le dire. Il se réjouit avec nous de ce que nous voyons. Car ses lèvres peuvent s'ouvrir pour la joie, et il nous caresse les épaules. Et ainsi ils ne sont point malheureux : car Allys veille sur Eustace et nous, Alain et Denis, nous veillons sur Nicolas.

On nous disait que nous rencontrions dans les bois des ogres et des loups-garous. Ce sont des mensonges. Personne ne nous a effrayés ; personne ne nous a fait de mal. Les solitaires et les malades viennent nous regarder, et les vieilles femmes allument des lumières pour nous dans les cabanes. On fait sonner pour nous les cloches des églises. Les paysans se lèvent des sillons pour nous épier. Les bêtes aussi nous regardent et ne s'enfuient point. Et depuis que nous marchons, le soleil est devenu plus chaud, et nous ne cueillons plus les mêmes fleurs.

Mais toutes les tiges peuvent se tresser en mêmes formes, et nos croix sont toujours fraîches. Ainsi nous avons grand espoir, et bientôt nous verrons la mer bleue. Et au bout de la mer bleue est Jérusalem. Et le Seigneur laissera venir à son tombeau tous les petits enfants. Et les voix blanches seront joyeuses dans la nuit.

Récit de François Longuejoue, clerc

Aujourd'hui, quinzième du mois de septembre, l'année après l'incarnation de notre Seigneur douze cent et douze, sont venus en l'officine de mon maître Hugues Ferré plusieurs enfants qui demandent à traverser la mer pour aller voir le saint Sépulcre. Et pour ce que ledit Ferré n'a point assez de nefs marchandes dans le port de Marseille, il m'a commandé de requérir maître Guillaume Porc, afin de compléter le nombre. Les maîtres Hugues Ferré et Guillaume Porc mèneront les nefs jusqu'en Terre sainte pour l'amour de Notre-Seigneur J.-C. Il y a présentement épandus autour de la cité de Marseille plus de sept mille enfants dont aucuns parlent des langages barbares. Et Messieurs les échevins, craignant justement la disette, se sont réunis en la maison de ville, où, après délibération, ils ont mandé nosdits maîtres afin de les exhorter et supplier d'envoyer les nefs en grande diligence. La mer n'est pas de présent bien favorable à cause des équinoxes, mais il est à considérer qu'une telle affluence pourrait être dangereuse à notre bonne ville, d'autant que ces enfants sont tous affamés par la longueur de la route et ne savent ce qu'ils font. J'ai fait crier aux mariniers sur le port, et équiper les nefs. Sur l'heure de vêpres, on pourra les tirer dans l'eau. La foule des enfants n'est point dans la cité, mais ils parcourent la grève en amassant des coquilles pour signes de voyage et on dit qu'ils s'étonnent des étoiles de mer et pensent qu'elles soient tombées vivantes du ciel afin de leur indiquer la route du Seigneur. Et de cet événement extraordinaire, voici ce que j'ai à dire : premièrement, qu'il est à désirer que maîtres Hugues Ferré et Guillaume Porc conduisent promptement hors de notre cité cette turbulence étrangère ; secondement, que l'hiver a été bien rude, d'où la terre est pauvre cette année, ce que savent assez messieurs les marchands ; troisièmement, que l'Église n'a été nullement avisée du dessein de cette horde qui vient du Nord, et qu'elle ne se mêlera pas dans la folie d'une armée puérile (turba infantium).

Et il convient de louer maîtres Hugues Ferré et Guillaume Porc, autant pour l'amour qu'ils portent à notre bonne ville que pour leur soumission à Notre-Seigneur, envoyant leurs nefs et les convoyant par ce temps d'équinoxe, et en grand danger d'être attaquées par les infidèles qui écument notre mer sur leurs felouques d'Alger et de Bougie.

Récit du Kalandar

Gloire à Dieu ! Loué soit le Prophète qui m'a permis d'être pauvre et d'errer par les villes en invoquant le Seigneur ! Trois fois bénis soient les saints compagnons de Mohammed qui instituèrent l'ordre divin auquel j'appartiens ! Car je suis semblable à Lui lorsqu'il fut chassé à coups de pierres hors de la cité infâme que je ne veux point nommer, et qu'il se réfugia dans une vigne où un esclave chrétien eut pitié de lui, et lui donna du raisin, et fut touché par les paroles de la foi au déclin du jour. Dieu est grand ! J'ai traversé les villes de Mossoul, et de Bagdad, et de Basrah, et j'ai connu Sala-ed-Din (Dieu ait son âme) et le sultan son frère Seïf-ed-Din, et j'ai contemplé le Commandeur des Croyants. Je vis très bien d'un peu de riz que je mendie et de l'eau qu'on me verse dans ma calebasse. J'entretiens la pureté de mon corps. Mais la plus grande pureté réside dans l'âme. Il est écrit que le Prophète, avant sa mission, tomba profondément endormi sur le sol. Et deux hommes blancs descendirent à droite et à gauche de son corps et se tinrent là. Et l'homme blanc à gauche lui fendit la poitrine avec un couteau d'or, et en tira le cœur, d'où il exprima le sang noir. Et l'homme blanc à droite lui fendit le ventre avec un couteau d'or, et en tira les viscères qu'il purifia. Et ils remirent les entrailles en place, et dès lors le Prophète fut pur pour annoncer la foi. C'est là une pureté surhumaine qui appartient principalement aux êtres angéliques. Cependant les enfants aussi sont purs. Telle fut la pureté que désira engendrer la devineresse quand elle aperçut le rayonnement autour de la tête du père de Mohammed et qu'elle tenta de se joindre à lui. Mais le père du Prophète s'unit à sa femme Aminah, et le rayonnement disparut de son front, et la devineresse connut ainsi qu'Aminah venait de concevoir un être pur.

Gloire à Dieu, qui purifie ! Ici, sous le porche de ce bazar, je puis me reposer, et je saluerai les passants. Il y a de riches marchands d'étoffes et de joyaux qui se tiennent accroupis. Voici un caftan qui vaut bien mille dinars. Moi, je n'ai point besoin d'argent, et je suis libre comme un chien. Gloire à Dieu ! Je me souviens, maintenant que je suis à l'ombre, du commencement de mon discours. Premièrement, je parle de Dieu, hors lequel il n'y a pas de Dieu, et de notre Saint Prophète, qui révéla la foi, car c'est l'origine de toutes les pensées, soit qu'elles sortent de la bouche, soit qu'elles aient été tracées à l'aide du calame. En second lieu, je considère la pureté dont Dieu a doué les saints et les anges. En troisième lieu, je réfléchis à la pureté des enfants. En effet, je viens de voir un grand nombre d'enfants chrétiens qui ont été achetés par le Commandeur des Croyants. Je les ai vus sur la grand-route. Ils marchaient comme un troupeau de moutons. On dit qu'ils viennent du pays d'Égypte, et que les navires des Francs les ont débarqués là. Satan les possédait et ils tentaient de traverser la mer pour se rendre à Jérusalem. Gloire à Dieu. Il n'a pas été permis qu'une si grande cruauté fût accomplie. Car ces pauvres enfants seraient morts en route, n'ayant ni aides ni vivres. Ils sont tout à fait innocents. Et à leur vue je me suis jeté à terre, et j'ai frappé la terre du front en louant le Seigneur à voix haute. Voici maintenant quelle était la disposition de ces enfants. Ils étaient vêtus de blanc, et ils portaient des croix cousues sur leurs vêtements. Ils ne paraissaient point savoir où ils se trouvaient, et ne semblaient pas affligés. Ils gardent les yeux dirigés constamment au loin. J'ai remarqué l'un d'eux qui était aveugle et qu'une petite fille tenait par la main.

Beaucoup ont des cheveux roux et des yeux verts. Ce sont des Francs qui appartiennent à l'empereur de Rome. Ils adorent faussement le prophète Jésus. L'erreur de ces Francs est manifeste. D'abord, il est prouvé par les livres et les miracles qu'il n'y a point d'autre parole que celle de Mohammed. Ensuite, Dieu nous permet journellement de le glorifier et de quêter notre vie, et il ordonne à ses fidèles de protéger notre ordre. Enfin, il a refusé la clairvoyance à ces enfants qui sont partis d'un pays lointain, tentés par Iblis, et il ne s'est point manifesté pour les avertir. Et s'ils n'étaient tombés heureusement entre les mains des Croyants, ils auraient été saisis par les Adorateurs du Feu et enchaînés dans des caves profondes. Et ces maudits les auraient offerts en sacrifice à leur idole dévoratrice et détestable. Loué soit notre Dieu qui fait bien tout ce qu'il fait et qui protège même ceux qui ne le confessent point. Dieu est grand ! J'irai maintenant demander ma part de riz dans la boutique de cet orfèvre, et proclamer mon mépris des richesses. S'il plaît à Dieu, tous ces enfants seront sauvés par la foi.

Récit de la petite Allys

Je ne peux plus bien marcher, parce que nous sommes dans un pays brûlant, où deux méchants hommes de Marseille nous ont emmenés. Et d'abord nous avons été secoués sur la mer dans un petit jour noir, au milieu des feux du ciel. Mais mon petit Eustace n'avait point de frayeur parce qu'il ne voyait rien et que je lui tenais les deux mains. Je l'aime beaucoup, et je suis venue ici à cause de lui. Car je ne sais pas où nous allons. Il y a si longtemps que nous sommes partis. Les autres nous parlaient de la ville de Jérusalem, qui est au bout de la mer, et de Notre-Seigneur qui serait là pour nous recevoir. Et Eustace connaissait bien Notre-Seigneur Jésus, mais il ne savait point ce qu'est Jérusalem, ni une ville, ni la mer. Il s'est enfui pour obéir à des voix et il les entendait toutes les nuits. Il les entendait dans la nuit à cause du silence, car il ne distingue pas la nuit du jour. Et il m'interrogeait sur ces voix, mais je ne pouvais rien lui dire. Je ne sais rien, et j'ai seulement de la peine à cause d'Eustace. Nous marchions près de Nicolas, et d'Alain, et de Denis ; mais ils sont montés sur un autre navire, et tous les navires n'étaient plus là quand le soleil a reparu. Hélas ! que sont-ils devenus ? Nous les retrouverons quand nous arriverons près de Notre-Seigneur. C'est encore très loin. On parle d'un grand roi qui nous fait venir, et qui tient en sa puissance la ville de Jérusalem. En cette contrée tout est blanc, les maisons et les vêtements, et le visage des femmes est couvert d'un voile. Le pauvre Eustace ne peut pas voir cette blancheur, mais je lui en parle, et il se réjouit. Car il dit que c'est le signe de la fin. Le Seigneur Jésus est blanc. La petite Allys est très lasse, mais elle tient Eustace par la main, afin qu'il ne tombe pas, et elle n'a pas le temps de songer à sa fatigue.

Nous nous reposerons ce soir, et Allys dormira, comme de coutume, près d'Eustace, et si les voix ne nous ont point abandonnés, elle essaiera de les entendre dans la nuit claire. Et elle tiendra Eustace par la main jusqu'à la fin blanche du grand voyage, car il faut qu'elle lui montre le Seigneur. Et assurément le Seigneur aura pitié de la patience d'Eustace, et il permettra qu'Eustace le voie. Et peut-être alors Eustace verra la petite Allys.

Récit du pape Grégoire IX

Voici la mer dévoratrice, qui semble innocente et bleue. Ses plis sont doux et elle est bordée de blanc, comme une robe divine. C'est un ciel liquide et ses astres sont vivants. Je médite sur elle, de ce trône de rochers où je me suis fait apporter hors de ma litière. Elle est véritablement au milieu des terres de chrétienté. Elle reçoit l'eau sacrée où l'Annonciateur lava le péché. Sur ses bords se penchèrent toutes les saintes figures, et elle a balancé leurs images transparentes. Grande ointe mystérieuse, qui n'a ni flux ni reflux, berceuse d'azur, insérée sur l'anneau terrestre comme un joyau fluide, je t'interroge avec mes yeux. Ô mer Méditerranée, rends-moi mes enfants ! Pourquoi les as-tu pris ?

Je ne les ai point connus. Ma vieillesse ne fut pas caressée par leurs haleines fraîches. Ils ne vinrent pas me supplier de leurs tendres bouches entrouvertes. Seuls, semblables à de petits vagabonds, pleins d'une foi furieuse et aveugle, ils s'élancèrent vers la Terre promise et ils furent anéantis. D'Allemagne et de Flandres, et de France et de Savoie et de Lombardie, ils vinrent vers tes flots perfides, mer sainte, bourdonnant d'indistinctes paroles d'adoration. Ils allèrent jusqu'à la cité de Marseille ; ils allèrent jusqu'à la cité de Gênes. Et tu les portas dans des nefs sur ton large dos crêtelé d'écume ; et tu te retournas, et tu allongeas vers eux tes bras glauques, et tu les as gardés. Et les autres, tu les as trahis, en les menant vers les infidèles ; et maintenant ils soupirent dans les palais d'Orient, captifs des adorateurs de Mahomet.

Autrefois, un orgueilleux roi d'Asie te fit frapper de verges et charger de chaînes. Ô mer Méditerranée ! qui te pardonnera ? Tu es tristement coupable.

C'est toi que j'accuse, toi seule, faussement limpide et claire, mauvais mirage du ciel ; je t'appelle en justice devant le trône du Très-Haut, de qui relèvent toutes choses créées. Mer consacrée, qu'as-tu fait de nos enfants ? Lève vers Lui ton visage céruléen ; tends vers Lui tes doigts frissonnants de bulles ; agite ton innombrable rire pourpré ; fais parler ton murmure, et rends-Lui compte.

Muette par toutes tes bouches blanches qui viennent expirer à mes pieds sur la grève, tu ne dis rien. Il y a dans mon palais de Rome une antique cellule dédorée, que l'âge a faite candide comme une aube. Le pontife Innocent avait coutume de s'y retirer. On prétend qu'il y médita longtemps sur les enfants et sur leur foi, et qu'il demanda au Seigneur un signe. Ici, du haut de ce trône de rochers, parmi l'air libre, je déclare que ce pontife Innocent avait lui-même une foi d'enfant, et qu'il secoua vainement ses cheveux lassés. Je suis beaucoup plus vieux qu'Innocent ; je suis le plus vieux de tous les vicaires que le Seigneur a placés ici-bas, et je commence seulement à comprendre. Dieu ne se manifeste point. Est-ce qu'il assista son fils au jardin des Oliviers ? Ne l'abandonna-t-il pas dans son angoisse suprême ? Ô folie puérile que d'invoquer son secours ! Tout mal et toute épreuve ne réside qu'en nous. Il a parfaite confiance en l'œuvre pétrie par ses mains. Et tu as trahi sa confiance. Mer divine, ne t'étonne point de mon langage. Toutes choses sont égales devant le Seigneur. La superbe raison des hommes ne vaut pas plus au prix de l'infini que le petit œil rayonné d'un de tes animaux. Dieu accorde la même part au grain de sable et à l'empereur. L'or mûrit dans la mine aussi impeccablement que le moine réfléchit dans le monastère.

Les parties du monde sont aussi coupables les unes que les autres, lorsqu'elles ne suivent pas les lignes de la bonté ; car elles procèdent de Lui. Il n'y a point à ses yeux de pierres, ni de plantes, ni d'animaux, ni d'hommes, mais des créations. Je vois toutes ces têtes blanchissantes qui bondissent au-dessus de tes vagues, et qui se fondent dans ton eau ; elles ne jaillissent qu'une seconde sous la lumière du soleil, et elles peuvent être damnées ou élues. L'extrême vieillesse instruit l'orgueil et éclaire la religion. J'ai autant de pitié pour ce petit coquillage de nacre que pour moi-même.

Voilà pourquoi je t'accuse, mer dévoratrice, qui as englouti mes petits enfants. Souviens-toi du roi asiatique par qui tu fus punie. Mais ce n'était pas un roi centenaire. Il n'avait pas subi assez d'années. Il ne pouvait point comprendre les choses de l'univers. Je ne te punirai donc pas. Car ma plainte et ton murmure viendraient mourir en même temps aux pieds du Très-Haut, comme le bruissement de tes gouttelettes vient mourir à mes pieds. Ô mer Méditerranée ! je te pardonne et je t'absous. Je te donne la très sainte absolution. Va-t'en et ne pèche plus. Je suis coupable comme toi de fautes que je ne sais point. Tu te confesses incessamment sur la grève par tes mille lèvres gémissantes, et je me confesse à toi, grande mer sacrée, par mes lèvres flétries. Nous nous confessons l'un à l'autre. Absous-moi et je t'absous. Retournons dans l'ignorance et la candeur. Ainsi soit-il.

Que ferai-je sur la terre ? Il y aura un monument expiatoire, un monument pour la foi qui ne sait pas.

Les âges qui viendront doivent connaître notre piété, et ne point désespérer. Dieu mena vers lui les petits enfants croisés, par le saint péché de la mer ; des innocents furent massacrés ; les corps des innocents auront leur asile. Sept nefs se noyèrent au récif du Reclus ; je bâtirai sur cette île une église des Nouveaux Innocents et j'y instituerai douze prébendaires. Et tu me rendras les corps de mes enfants, mer innocente et consacrée ; tu les porteras vers les grèves de l'île ; et les prébendaires les déposeront dans les cryptes du temple ; et ils allumeront, au-dessus, d'éternelles lampes où brûleront de saintes huiles, et ils montreront aux voyageurs pieux tous ces petits ossements blancs étendus dans la nuit.